águila   dragón   nubes   uento

casa   elixir   rocas   potaje   estrellas

árbol   beber   sol   gnomas   gato   palmeras

arena   luna   botas   brujas   televisión

día   gigante   serpiente   púas   oro   verde

noche   botiquín   piedra   troncos   ojo

león   enamora   tesoro   antorcha   gnomos

This Book Belongs in the Home Library of

And it's mine, mine, Mine!

Lucky you.

© Aliki Brandenberg
www.myhomelibrary.org

© SUSAETA EDICIONES, S.A.
Campezo, s/n - 28022 Madrid
Tel.: 913 009 100 - Fax: 913 009 118
Impreso en España

LOS GIGANTES

Ilustrado por Jordi Busquets

LEO y VEO

susaeta

LOS GIGANTES

Los  son muy, muy grandes,

ocupan más que una  .

A su lado, los  son tan

pequeños que parecen moscas

y los  apenas se ven. Se

alimentan de  ,

de mar, de  y también

 azufre.

GIGANTES ENAMORADOS

Cuando un  se ,

le cuenta  a su amada

como el de aquel que regaló

a su novia el  y la

en unas capas bordadas en

 para que pudiera admirar

el , las  y la

siempre que quisiera.

EL GIGANTE PELUDO

Este  realmente es feísimo: tiene la lengua de , cuerpo cubierto de pelo y rabo con  venenosas. Le gusta comer  y las atrapa siempre que puede. Los  entonces  las rescatan y con los le cortan el rabo en castigo.

LOS CÍCLOPES

Polifemo era un  con un solo en medio de la frente que vigilaba sus  . Una vez los Grifos, que eran mitad  y mitad  , le robaron el  , pero primero le quemaron su único con una .

Algunos  son muy malos, molestan a los  y pisan los  .

TIPOS DE GIGANTES

Hay que viven en las , tiran y desechos. Suelen parar a los que llevan a los que viajan de un lado a otro. Otros dicen que viven en los , como aquél del con que se convirtió en y luego en .

EN EL HOGAR

Los  son muy hogareños: les gusta ver la  con su esposa, o invitar a las  . También les gusta jugar al ajedrez con ... ¡como fichas! Sus hijos hacen figuras de para jugar en la  , que luego dejan abandonadas.

UNA VEZ...

...se enfermaron, tenían fiebre y les dolía la tripa. Los 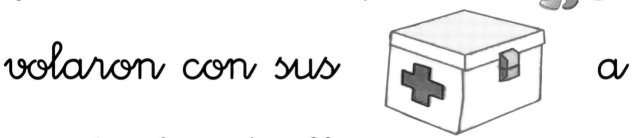 volaron con sus 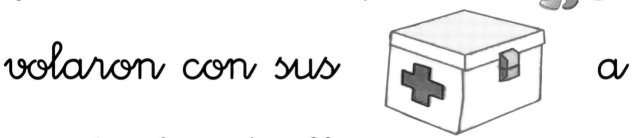 a ayudarlos. A ellos se sumaron  , y hadas, y los cuidaron con sus  y  mágicos. Desde entonces son todos muy amigos.

águila

dragón

nubes

ratón

cuento

casa

elixir

rocas

potaje

estrellas

árbol

beber

sol

gnomas

gato

palmeras

arena

luna

botas

brujas

televisión

día

gigante

serpiente

púas

oro

verde

noche

botiquín

piedra

troncos

ojo

león

enamora

tesoro

antorcha

gnomos